Ce livre a été
offert par :

Retrouvez tous les prénoms sur
www.lelivredemonprenom.fr

Éditions First, un département d'Édi8
12, avenue d'Italie
75013 Paris – France
Tél. : 01 44 16 09 00
Fax : 01 44 16 09 01
firstinfo@efirst.com
www.editionsfirst.fr

ISBN : 978-2-4120-2951-0
Dépôt légal : août 2017
Création graphique : Lisa Magano – Nicolas Galy pour NoOok
Mise en page : Nicolas Galy pour NoOok
Secrétariat d'édition : Charlotte Bourgeois
Imprimé en France par Pollina - 81370

Le livre de
mon prénom

Adam

Jules Lebrun

avec la collaboration de
Stéphanie Rapoport

FIRST
Editions

Ce livre dévoile tous les secrets du prénom **ADAM** !

L'ÉTY**MOLOGIE**

LE CARACTÈRE

Les adjectifs
qui lui vont le mieux

LA COULEUR

Le chiffre

LA PIERRE

LE JOUR DE FÊTE
D'ADAM

LES VARIANTES DU PRÉNOM

Le nombre d'Adam en France

ET DANS LE MONDE

LA POPULARITÉ

ET LES TENDANCES D'ATTRIBUTION

L'âge moyen

LES ADAM CÉLÈBRES

Les informations insolites

« Certains prénoms sont comme
la bande-annonce du destin
de ceux qui le portent. »

La Tête de l'emploi de David Foenkinos

« Un des plus beaux cadeaux que
nous ait fait la vie, c'est quand
notre prénom a l'air d'un mot gentil. »

L'Essentiel de Ginette Reno (paroles de Charles Aznavour)

« Le prénom est la clé de la personne.
C'est le cliquetis délicat de sa serrure
quand on veut ouvrir sa porte. »

Acide sulfurique d'Amélie Nothomb

L'ÉTY**MOLOGIE**

du prénom **ADAM** viendrait de l'hébreu et signifierait « qui est fait en terre rouge ».

Une autre origine est envisagée, issue des Babyloniens, qui met en avant la signification d'humanité ou d'origine du monde.

LE CARACTÈRE

ADAM EST FRÉQUEMMENT PORTÉ PAR DES INDIVIDUS **À LA PERSONNALITÉ BIEN TREMPÉE.**

Il ne faut pas attendre d'Adam trop de légèreté ni de faiblesse. Adam *sait où il veut aller* et se donne les moyens d'y parvenir.

AINSI, IL EST DOTÉ D'UNE NATURE **AMBITIEUSE** ET FAIT PREUVE DE COURAGE ET **D'OPINIÂTRETÉ** DANS LES DÉMARCHES QU'IL ENTREPREND.

Il est aussi doué d'une bonne capacité de travail et sera capable de s'investir à 100 % pour atteindre ses objectifs dans ses études ou sa vie professionnelle.

ADAM GAGNE
PARFOIS DU TEMPS
CAR IL EST **MALIN**
ET TROUVE SOUVENT
DES ASTUCES
POUR **CONTOURNER
OBSTACLES ET
DIFFICULTÉS**.

Ses côtés débrouillard et indépendant l'amènent plus naturellement à rechercher des activités libérales ou des positions qui lui assureront une certaine autonomie.

Adam n'est pas forcément très expansif au premier abord mais néanmoins habile dans les relations sociales et surtout très persuasif. Il sait manier écoute et autorité afin d'imposer ses idées et ses choix.

Adam est quelqu'un d'orgueilleux et de susceptible. Le meilleur moyen pour le froisser sera évidemment de le critiquer sur son travail. S'il considère que cela est injustifié, il fera preuve d'une rancune tenace.

Sur le plan amical et familial, **Adam** est quelqu'un de généreux, sur qui on peut compter. La famille est pour lui très importante. C'est un père très attentif qui fera tout son possible pour subvenir correctement aux besoins de son foyer.

LES **ADJECTIFS** QUI LUI VONT LE MIEUX

Ambitieux

INDÉPENDANT

MALIN

ORGUEILLEUX

Persuasif

OBSTINÉ

GÉNÉREUX

SI **ADAM**
ÉTAIT UNE
pierre précieuse
IL SERAIT UN
RUBIS

LA COULEUR
ATTACHÉE À ADAM EST **LE ROUGE**

Couleur chaude par excellence,
le rouge fait référence au feu,
à l'amour, à la passion et au désir.
C'est également la couleur du danger
et de l'interdiction.

AVEC **LE ROUGE**,
IL FAUT QUE ÇA BOUGE !

RED
ROSSO
ROT
ROJO
KOKINO
KRASNIJ
אדום (ADOM)
أحمر (AHMAR)

1

La signification numérologique
du prénom Adam correspond

AU **CHIFFRE** 1.

Le 1 est le symbole
de *l'énergie* et de *l'initiative*.
Les Adam **sont des battants qui
n'ont pas peur d'aller de l'avant !**

Le 1 représente également
l'indépendance
et *l'individualisme*.

**Adam devra veiller à écouter
les conseils avisés de ses proches !**

LE JOUR

17 JUILLET

Adam est fêté ce jour-là en hommage au premier homme de la Bible. Adam a été créé par Dieu au sixième jour de la création. Adam coule des jours heureux avec Ève jusqu'à ce que ceux-ci goûtent au fruit défendu et soient confrontés aux dures réalités de la vie terrestre.

DE FÊTE

LE DICTON DU JOUR

« Juillet doit rôtir ce que septembre mûrira. »

Variantes
DU PRÉNOM **ADAM**

Adama

Adams ADAME

ADHAM

Addam

Hadama

Adem

Dans d'autres alphabets comme l'hébreu, le grec ou le russe Adam s'écrit :

En hébreu : אָדָם

En grec : Αδάμ

En russe : Адам

ADAM

ADAM
EN FRANCE

AU DERNIER RECENSEMENT,
54 000 ADAM
SONT COMPTABILISÉS EN FRANCE

Adam est le 148e prénom le plus attribué depuis 1900.

CE QUI
CORRESPOND
À **0,08 %**
DE LA
POPULATION

ADAM

DANS LES DÉPARTEMENTS

1er

PARIS (75),
HAUTS-DE-SEINE (92),
VAL-DE-MARNE (94),
SEINE-SAINT-DENIS (93),
VAL-D'OISE (95)

1er

VAUCLUSE (84)

1er

GARD (30)

Les départements dans lesquels le prénom Adam est le plus en vogue aujourd'hui :

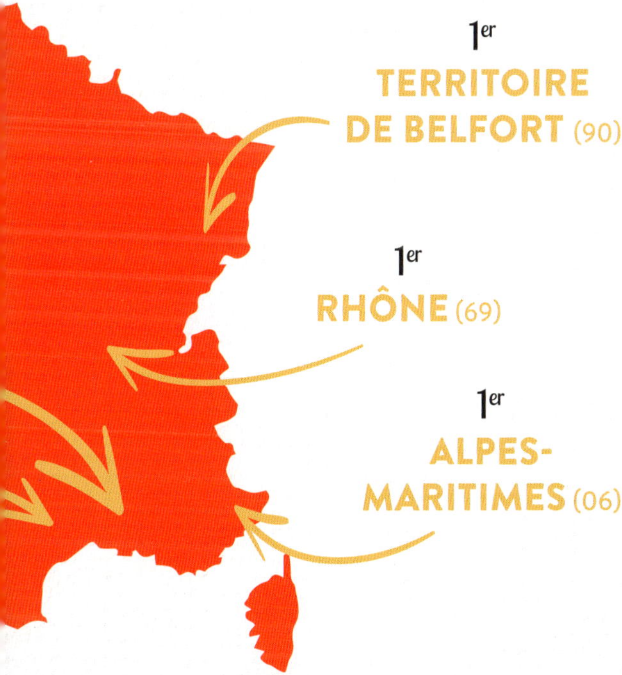

ADAM
DANS LE MONDE

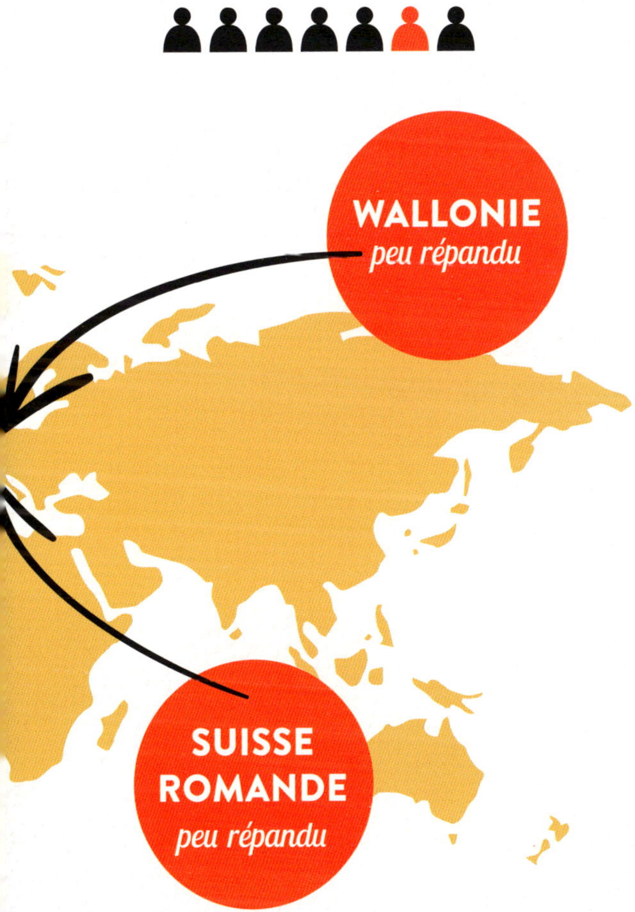
WALLONIE
peu répandu
SUISSE
ROMANDE
peu répandu

CE PRÉNOM
FAIT PARTIE DES
10 PRÉNOMS
LES PLUS DONNÉS
avec une tendance
à la hausse de son
attribution.

L'année **2016** correspond à l'année où le prénom Adam a été le plus donné.

4 614 PETITS GARÇONS L'ONT REÇU CETTE ANNÉE-LÀ !

L'âge moyen
constaté pour
les personnes
qui portent
le prénom Adam
est 8 ans.

LES **ADAM** CÉLÈBRES

★ ADAM BALDWIN ★

né le 27 février 1962 à Chicago, aux États-Unis, est un acteur américain. Ses interprétations les plus notables ont eu lieu dans les films *Full Metal Jacket*, *Independance Day* ou encore *The Patriot*.

★ ADAM BRODY ★

né le 15 décembre 1979 à San Diego, aux États-Unis, est un acteur et musicien américain. Présent au cinéma et à la télévision, il accède à la notoriété grâce à son rôle dans la série *Newport Beach*.

★ ADAM COPELAND ★

né le 30 octobre 1973 à Orangeville, en Ontario au Canada, est un catcheur canadien connu sous le nom d'Edge. Véritable légende vivante de cette discipline, il est le catcheur le plus titrée de la célèbre WWE, la fédération mondiale de catch.

★ ADAM DE LA HALLE ★

ayant vécu au XIIIe siècle, est un trouvère (poète et compositeur au Moyen Âge) de langue picarde. Auteur et compositeur, il a écrit les premières pièces de théâtre profanes françaises.

★ ADAM LEVINE ★

né le 18 mars 1979 à Los Angeles aux États-Unis, est un chanteur et guitariste. Il est célèbre pour être le leader du groupe pop rock Maroon 5.

★ ADAM OPEL ★

né le 9 mai 1837 et mort le 8 septembre 1895 à Rüsselsheim en Allemagne est un industriel allemand. Comme son nom l'indique, il a fondé la célèbre marque de voiture Opel.

★ ADAM RODRIGUEZ ★

né le 2 avril 1975 à Yonkers aux États-Unis, est un acteur américain. Essentiellement connu pour ses rôles dans des séries télévisées, il est célèbre pour avoir joué dans *Roswell* et *Les Experts : Miami*.

★ ADAM SHULMAN ★

né le 2 avril 1981 à New York, aux États-Unis, est un acteur américain. Il a joué dans le téléfilm *Sherif, fais-moi peur*. Il est également connu pour être le mari de l'actrice Anne Hathaway.

★ ADAM SMITH ★

né le 5 juin 1723 à Kirkcaldy en Écosse et mort le 17 juillet 1790 à Édimbourg est un philosophe et économiste écossais. Il a marqué la pensée économique contemporaine notamment via ses recherches sur le libéralisme économique.

★ ADAM YAUCH ★

né le 5 août 1964 à Brooklyn à New York et mort le 4 mai 2012 dans cette même ville, est un rappeur, musicien et réalisateur américain. Il est célèbre pour avoir été un des membres du trio de hip-hop Les Beastie Boys.

ADAM
C'EST AUSSI...

... un sommet de montagne sur l'île de La Réunion, le pic Adam.

... un personnage de la série télévisée, *Buffy contre les vampires.*

... une colonie
israélienne
en Cisjordanie.

... une ville
du Sultanat
d'Oman.

... L'ASSOCIATION
DE DÉFENSE
DES ACTIONNAIRES
MINORITAIRES,
L'ADAM.

... une nouvelle de Jules Verne,

L'Éternel Adam.

... UNE ANCIENNE

compagnie aérienne

INDONÉSIENNE, L'ADAM AIR.

... une ancienne revue de mode masculine française.

... un nom de famille.

... le compagnon d'Ève dans le jardin d'Éden.